# 最後《さいご》のオオカミ

作 マイケル・モーパーゴ
訳 はら るい
絵 黒須 高嶺

文研出版

## もくじ

カロデン・ムア
インバネス
スコットランド
ダンディー
北アイルランド
エジンバラ
イギリス
アイルランド
ダービー
イングランド
サウスウォルド
ウェールズ
ロンドン

ニールとジルに——MM

# 最《さい》後《ご》のオオカミ

# ミヤの最新《さいしん》パソコン

「おじいちゃんはダチョウだね。」

私《わたし》のベッドのはしにちょこんと腰《こし》をおろし、ミヤはオレンジの皮をむいている。

「どうして?」

私は孫娘《まごむすめ》にたずねた。

「だって気に入らないものを見たら、いつだって砂《すな》に頭をつっこんで、見てないぞ、ってふりをするじゃない。」

いつもの口げんかだ。いや、からかいといったほうがいいかもしれない。た

だそれが何であれ、すぐ彼女《かのじょ》のねばり勝ちになるのはわかっている。彼女は私の好《す》ききらいにかまわず、私を二十一世紀《せいき》の文明に引きずりこもうとしていた。チャンスは今だとばかり。

「何もすることないじゃない。」

ミヤは言った。

「たいくつで気が狂《くる》っちゃうよ。とりあえずやってみたら？　あたしが毎晩《まいばん》ここへ来ておしえてあげるから。

そんなに時間はかからないし、チョー簡単《かんたん》。ぜーんぜんこわくないよ。」

「べつにこわがっちゃいないさ。最新《さいしん》のパソコンのどこがいいのかわからない。ただそれだけだよ。」

「だから言ったでしょ。おじいちゃんはダチョウだって。はい、どうぞ。」

皮をむいたオレンジを彼女《かのじょ》はさしだす。

「食べて。体にいいから。すごいんだよ、ほんとに。信《しん》じられないほど、何でもできちゃうの。eメールもワープロも、ゲームも買い物も……。」

「買い物はきらいだ。」

私《わたし》はきっぱりと言った。

「おじいちゃんは、ただのダチョウじゃなくて、気むずかし屋のダチョウだもんね。」

孫娘《まごむすめ》はひょいとかがんで、私のほおにチュッ、とする。

「じゃ、明日からはじめるね。あたしのノートパソコンを持ってくるから。わかった？　バイバーイ！」

そう言うなり、彼女はドアを出ていった。私の反対などまるで無視《むし》して。私の負けだ。

そもそもこんなことになったのは、私が病気でふせっていたからだ。たんなるインフルエンザが肺炎《はいえん》になってしまったのだ。私の親友で、かかりつけの先生でもある医師《いし》が、私に指をふって、こう言った。

「なあいいか、ちゃんと聞けよ、マイケル・マクロード。この病気はやっかいなんだ。おまえはもう決して若《わか》くない。体を冷《ひ》やさないように、おとなしくベッドで寝《ね》てないと。もう庭いじりはだめ、ゴルフもだめ、魚つりもだめ。自分の身は自分で守らないとな。」

というわけで、私《わたし》は何週間もアパートに引きこもることになった。ミヤの診《しん》断《だん》のとおり、たいくつで気が狂《くる》いそうだった。

ミヤは十四歳《さい》。最年長《さいねんちょう》の孫娘《まごむすめ》で、目に入れても痛《いた》くないほどかわいい。幸いにも、すぐ近くに住んでいるので、いつもひょっこり私のアパートにあらわれ、私を元気にしてくれる。いまいましいパソコンの話を、楽しげにえんえんとされても、私は一向にかまわない。彼女《かのじょ》が会いにきてくれさえすれば、何をしようと、何の話をしようと気にならない。時間つぶしになるし、少なくともパソコンの話をするあいだ、チェスで何回も負かされずにすむ。

パソコンの練習は、初《はじ》めはどうもうまくいかなかった。すこしも理解《りかい》できないのだ。それでもミヤに手伝《てつだ》ってもらい、毎日ちょっとずつわかりだした。そうするともう、自分でもおどろくほどおもしろくなった。
二、三週間が過《す》ぎたある日のこと。ミヤは私にきびしい宿題を出して、夏休みの旅行に出かけた。パソコンの電源《でんげん》を入れ、彼女とメールのやりとりをするというのが、その宿題だ。練習は毎日やるのよ、と彼女は言った。私はそうすると約束《やくそく》した。約束を守るのはきらいじゃないから。

それからは、私の親友の医師《いし》がたまにようすを見にきてくれたり、親切なご近所さんが、買い物をしてきてくれるほかは、ひとりアパートにこもって、毎日ミヤのパソコンに向かった。

ある朝、いつものようにパソコンの前にすわり、電源を入れようとして、なぜこんなことをしてるんだろうと思った。パソコンは何のためのもので、何をしてくれるのか？　パソコンは上達《じょうたつ》してきたが、まだまだこの病気はなおるまで先が長い。何かに役立てることができないか？　計画を立てなければ、と私《わたし》は思った。夢中《むちゅう》になれるもの、何もかも忘《わす》れて取り組めるものが必要だ。このパソコンでできることが。

そのとき、あることがひらめいた。もう何年も頭の片《かた》すみにありながら、そのまま打っちゃっていたことがある。そうだ、今がそのチャンスだ。時間はある。それに手段《しゅだん》もある……文字どおり手の届《とど》くところに。あれをたどってみよう。アパートを一歩も出ないでやれるかも。そう私は思った。

私はいったいどこから来て、祖先《そせん》はどんな人なのか？　インターネットやメールを使って自分のルーツを探《さが》し、先祖《せんぞ》と子孫《しそん》を一本の線でつないでみるのだ。自分の家系《かけい》を、できるかぎり遠くまでさかのぼってみよう。

私の母方のメレディス家は、何代にもわたって、ほとんどここ、イギリスのサフォーク州に住んでいたので、教区教会の記録簿《きろくぼ》から、出生・結婚《けっこん》・死亡届《しぼうとど》けを調べればよかった。ということで、一七三〇年五月二日、サフォーク州のサウスウォルドで洗礼《せんれい》を受けたハナ・メレディスまで、とぎれることなくたどりつくことができた。

まるで血縁探《けつえんさが》しをしている探偵《たんてい》のように、私はこの作業に夢中になった。日に何十回となくミヤにメールをする。集めた情報《じょうほう》はすべて、データベースに保存《ほぞん》した。特《とく》に行きづまったとき、助けが必要になったときは、何度もメールをかわした。ミヤが言うように、パソコンは実にすばらしいツールだった。

ところが私の父方の家系、スコットランド人のマクロード家をたどるとなると、パソコンでもたいへんだった。あちこち世界じゅうを動きまわっていたからだ。ある家族はアルゼンチンへ、ある家族はオーストラリアへ、またある家族はアメリカへというように。わずか二、三代前をたどるだけで、いつも家系《かけい》は消えかかった。私《わたし》はしだいに心が折《お》れそうになった。新しい手がかりが、ひとつとしてないのだ。

まさにそんな中、ありがたいことにミヤが夏休みの旅行を終えてもどってきた。彼女《かのじょ》はさっそく助け船を出してくれた。調べた系図《けいず》をすべて、インターネットの家系サイトに公開すれば、見た人がおしえてくれるかもしれない、と言うのだ。私はそのとおりにした。

数日間何も起きなかった。だがある夕方、ミヤが接続《せつぞく》してみると、アメリカのマサチューセッツ州ボストンに住む、マリアン・マクロードという女性《じょせい》から一通のメールが届《とど》いていた。

マリアンは、私《わたし》の父方の系図《けいず》にたいそう興味《きょうみ》を示《しめ》し、あなたは遠縁《とおえん》のいとこにちがいない、と書いてきた。彼女《かのじょ》も一族の出身が気になって、「一生のこだわり」として調べていたらしい。すでにスコットランドの家系《かけい》を一七〇〇年代までさかのぼり、彼女と私の祖先《そせん》が、インバネス州のロビー・マクロードではないかと言う。さらにおどろいたことに、つい最近《さいきん》、彼女は家族に伝《つた》わる文書を調べていて、そのロビー・マクロードの遺言書《ゆいごんしょ》を見つけたと言うのだ。

遺言書の手記を読みましたが、今までに読んだ中でも最高《さいこう》の物語でした。
さっそくスキャンして、パソコンにとりこみました。
あなたもご覧《らん》になりたいですか？

おーっ、見せてもらえるの！　私はうれしくなり、すぐに返信《へんしん》メールを書いた。あいさつ文を打ちこみ、遠いいとこに、早く読みたくて待ちきれません、と打った。ミヤも興味しんしんだ。

それから二十四時間近くが過《す》ぎたころ、メールが届《とど》いた。最初《さいしょ》に読む私のそばにはミヤもいる。私は一目見て、待つかいがあったと思った。読みはじめると、どきどきして口から心臓《しんぞう》が飛《と》び出《だ》しそうだった。今まで探求《たんきゅう》してきたことが実を結《むす》んだのだ。

ミヤの最新《さいしん》パソコンのおかげで、すばらしいものが見つかった。どんな聖杯《せいはい》（キリストが最後《さいご》の晩餐《ばんさん》で用いたとされる杯《さかずき》）よりすばらしいものが見つかったのだ。私は今、ひいひいひいひいひいおじいさんの自筆の遺言書を読んでいる。時空をこえて私たちに語りかける、その声を聞いている。

# ロビー・マクロードの遺言書《ゆいごんしょ》

一七九五年十二月三日、わが人生は終わりを迎《むか》えようとしている。心安らかなるこの日に、私《わたし》はみずからの手でここに書きのこす。

私がこの世に所有する左記のすべてを、だれもがそうあってほしいと願《ねが》うほどやさしい息子《むすこ》、愛《あい》するわが息子アランにのこす。

一、バーンサイド農場、ヒツジ・馬、資産財産《しさんざいさん》一式

一、マッキノン船長からゆずられたマスケット銃《じゅう》一丁《ちょう》

一、ささやかではあるが、家財道具《かざいどうぐ》一式

そして、私たちが送った人生が、子孫《しそん》にのこしてやれる最《もっと》も価値《かち》ある遺産《いさん》として役立つと信《しん》じ、わが身に起きた真実のすべてを、心をこめてここに書きとめようと思う。私の人生を形づくり、この地に運んでくれたおどろくべき出来事の数々を。

私はこの地へ一人で来たわけでも、ぐうぜん来たわけでもない。最後《さいご》のオオカミがいなければ、来なかっただろう。最後のオオカミがいなければ、私はまったく別人《べつじん》になっていただろう。今ある私のすべて、人生のすべては、最後のオオカミのおかげである。したがってこの物語は、私の物語であると同時に、彼《かれ》の物語でもある。ゆえに、次のような表題をつけることにした。

＊　＊　＊

「最後《さいご》のオオカミ」

私《わたし》は父も母も知らない。後見人のアーチボルドおじは苦痛《くつう》のたねだったが、両親のことをいつもこう言っていた。

「おまえの母ちゃん（おじの妹）は、わがままで意地悪な女だった。父ちゃんは極悪人《ごくあくにん》の船乗りで、おまえが赤《あか》ん坊《ぼう》のころ海で行方不明《ゆくえふめい》になった。それから一年もしないうちに、母ちゃんもおまえを一人のこして亡《な》くなった。」

かくして私は、インバネス州（スコットランド北部の州）のアーチボルドおじの家に引きとられ、みじめな子供時代《こどもじだい》を送ることとなった。人里遠くはなれた、灰《はい》色《いろ》の不気味《ぶきみ》な要塞地《ようさいち》で、太陽を見たことも、笑《わら》い声《ごえ》が聞こえたこともないようなところだった。

私はおじを喜《よろこ》ばせる努力《どりょく》をし、なんとか文句《もんく》を言われないように、一日一日をやりすごしていた。

「わしは親切心から世話してやってるんだ。キリスト教の精神《せいしん》でな。おまえをふびんに思ってのことだ。この恩《おん》はかならず返すんだぞ。」

これは、おじが私をなぐるときに言う、いつもの口ぐせだった。恐《おそ》ろしい罪《つみ》だと言ってはなぐり、とんでもない非行《ひこう》だと言ってはなぐった。私を自分のおいというより、奴隷《どれい》のようにこき使った。家にいればいるで、身のまわりの世話をさせられ、畑に出れば出るで、代わりに働《はたら》かされた。いつもひどくみじめで、空腹《くうふく》で、恐怖《きょうふ》におびえていた。

そんなある日、私《わたし》はとうとうたえられなくなって、家を飛《と》び出《だ》した。気がつくと、十二歳《さい》になったばかりの私は、着の身着のままで、ひとりさまよっていた。

何か月も空腹《くうふく》で死にそうになりながら、スコットランド高地の丘《おか》や谷を、あてもなく歩きまわった。野獣《やじゅう》のようにえものを探《さが》し、くさった肉をあさっては口に入れた。自分を支《ささ》えるすべもなく、生きのびるためには、手当たりしだいに盗《ぬす》むしかなかった。

思いきって田舎《いなか》を出て、首都エジンバラの街《まち》に入り、暗く人通りの多い道にまぎれこんだ。多少ましだったが、ここでも盗みや物乞《ものご》いをするほかなく、何度もつかまりそうになった。

寒さと空腹にさいなまれ、絶望《ぜつぼう》にかられてさらに危険《きけん》をおかすようになった。

ある朝、パン屋でパンを盗んでいるところを見つかってしまい、おこった群衆《ぐんしゅう》がわめきながら追いかけてきた。私は、ホリールード宮殿《きゅうでん》を通りすぎ、けんめいに走って向こうの山に逃《に》げこんだ。あきらめたのか彼《かれ》らは追ってこなくなり、ほっと胸《むね》をなでおろした。

顔をおぼえられているのがこわく、街にもどらないことにした。二、三日すると、熱《ねつ》が出て死にそうになり、馬小屋によろよろと倒《たお》れこんだ。もう二度と起き上がれないと思いながら。

しかし、ついに幸運の女神が私にほほえんだ。ぐうぜんにも、世界でいちばん親切で心の広い二人に出会うことができたのだ。彼らは、自分たちの馬小屋に虫の息で横たわる私を見つけると、家に運び入れ、手当てをしてくれた。

ショーン・ダンバーとやさしい妻《つま》のメアリーには、子供《こども》がいなかったので、私《わたし》を初《はじ》めから実の息子《むすこ》のようにかわいがってくれた。敬《けい》けんなクリスチャンの彼《かれ》らは、私を神様からの贈《おく》り物《もの》と信《しん》じて疑《うたが》わなかった。

「こんな奇跡《きせき》が起きますようにって、私たち祈《いの》ってきたのよ。そして馬小屋であなたを見つけたのよ、ロビー。」

メアリーは心から感動し、くり返し言った。

「あなたは、ベツレヘムのイエス様のように、わらにくるまっていたわ！」

目の前においしい食事をならべられ、背中《せなか》に暖《あたた》かい布《ぬの》をかけられて、私はなんとか体力も健康《けんこう》もとりもどすことができた。彼らは私に幸せを吹《ふ》きこんでくれた。そんな幸せがあることさえ知らなかったこの私に、世界でいちばんの幸せ……つまり、愛《あい》され大切に育てられる幸せを。

私はショーンの営《いとな》む鍛冶屋《かじや》で、彼のそばについて馬をおさえたり、炉《ろ》に燃料《ねんりょう》をくべたりした。仕事の手伝《てつだ》いをするうちに、まもなく腕《うで》のいい見習い工になった。ショーンがハンマーで鉄を打ちながら、いつも歌をうたっていたことを思い出す。そうやって初めて耳にするさまざまな歌をおぼえた。勇壮《ゆうそう》な反乱軍《はんらんぐん》の歌の数々は、今でも忘《わす》れられない。

それからメアリー、かわいそうなメアリー。母親のように心からしたったメアリーは、夜になると、私に読み書きや祈りの言葉をおしえてくれた。

「毎晩寝《まいばんね》る前に、主イエス様にそっと語りかけなさい、ロビー。ある日目がさめたとき、主はきっと目の前にいてくださるから。祈りなさい。いつも聞いてくださるし、わかってくださるわ。主は話しかけられると、喜《よろこ》んでそうなさるの。このことを忘れないでね。」

だから私《わたし》は毎晩《まいばん》主に祈《いの》った。ただし、メアリーには言わなかったが、主よりメアリーに話しかけるほうがずっと好《す》きだった。私に必要なすべての愛《あい》と理解《りかい》をあたえてくれたのはメアリーだった。いいことと悪いことの区別《くべつ》もおそわった。メアリーほど息子《むすこ》につくすことのできる母親は、ほかにはいないだろう。

一方ショーンは父親というより、

初《はじ》めてできた本当の友だちみたいな人だった。この愛すべき二人の恩人《おんじん》は、私に人間のすばらしさをあますところなく見せてくれた。彼《かれ》らといっしょにいると安心した。心がくつろぎ、家族の一員になれたような気がした。

ところが、やっと見つけた幸せは長くは続《つづ》かなかった。残酷《ざんこく》な出来事によう しゃなく引きさかれ、私はさらに危険《きけん》で恐《おそ》ろしい進路をたどることになった。

彼らといっしょにいられたのは、わずか三年だった。当時はちょうど、ボニー・プリンス・チャーリー（いとしのチャールズ王子）ひきいるスコットランド軍《ぐん》が、イングランド進撃《しんげき》めざして南へ向かっていた。彼らが家の近くを通ったとき、あたり一面勇《いさ》ましいドラムの音が鳴りひびき、旗《はた》がほこらしげにパタパタひるがえっていた。

近くで彼《かれ》らが野営《やえい》したさい、私《わたし》はボニー・プリンス・チャーリーの馬の蹄鉄《ていてつ》を打つようにたのまれた。馬もすてきなら、その馬に乗る主人はもっとすばらしい。スコットランド高地の王子にふさわしい外套《がいとう》をまとい、すらりとした姿《すがた》は神にも見えた。

その夜、我々《われわれ》はキャンプファイアをかこんで、スコットランドの歌をうたい踊《おど》った。そして夜明けにはもう、ショーンも私も、村人のだれもかれもが、彼の軍《ぐん》に入隊《にゅうたい》する意志《いし》をかためていた。王子の隊列《たいれつ》に加《くわ》わるんだ、ボニー・プリンス・チャーリーとイングランドへ進軍《しんぐん》するんだ、と口々に言いながら。

メアリーは、ショーンと私を全力で引きとめた。行かないでと、ショーンの肩《かた》にすがって泣《な》いた。

「やっと息子《むすこ》を見つけたのは、あの子を失《うしな》うためだったの？　ねえ、どうして

なの？　バグパイプの音につられたの？　イギリス軍《ぐん》の兵士《へいし》を殺《ころ》したいの？　私《わたし》のようなお母さんやあなたのようなお父さんがいる、ロビーみたいな息子《むすこ》もいるのよ。息子や父親を亡《な》くして一生悲しむ人だっているのよ。ショーン、お願《ねが》い、私のそばにいて。私をおいていかないで。」

しかしショーンの決意は変《か》わらなかった。私も同じだった。

「おれは良心《りょうしん》にしたがって、わが国の自由のために戦《たたか》わねばならん。ボニー・プリンス・チャーリーを、当然《とうぜん》つくべき王位《おうい》につかせなきゃならんのだ。だがおまえはもう、自分のことは自分で決められる年齢《ねんれい》だ。」

彼《かれ》はそう言ったが、私は若《わか》くておろかだった。勇壮《ゆうそう》な冒険《ぼうけん》に強くあこがれ、自分たちの理想を正義《せいぎ》と信《しん》じ、わが道を行くことにしたのだった。

メアリーと目を合わせられないまま、私はぶっきらぼうに言った。

「ぼくは、お父さんの行くところへ、ついて行かなきゃならないんだ。」

彼女《かのじょ》は打ちのめされたにちがいない。

ついに軍隊《ぐんたい》が出発するときが来た。玄関《げんかん》でさめざめと泣《な》くメアリーをのこし、ショーン・ダンバーと私は行動をともにした。今や我々《われわれ》はボニー・プリンス・

チャーリーに仕える兵士《へいし》だ。バグパイプがピーピーと鳴る中、足どりも軽く、心で歌いながら一路イングランドへと行進した。

しかし軍隊《ぐんたい》にはあこがれより、太鼓《たいこ》やバグパイプや旗《はた》より、もっと大事なものがある。わがスコットランドの混成軍《こんせいぐん》は、残忍《ざんにん》なばかりの高慢《こうまん》さや、めらめら燃《も》える熱意《ねつい》に満《み》ちていたが、満足《まんぞく》に食べるものもなく、武器《ぶき》すらままならなかった。びしっとすき間もなく整列した赤いコートのイギリス軍《ぐん》に、そもそもたちうちできるわけがない。私《わたし》は戦場《せんじょう》で、一度だけ戦闘《せんとう》を見たことがある。誓《ちか》って言うが、だれでも一度見ればじゅうぶんだ。

スコットランドに撤退《てったい》したわが軍は、カロデン・ムア（インバネス近郊《きんこう》の湿地《しっち》）でイギリス軍と戦《たたか》った。剣《けん》には剣、銃剣《じゅうけん》には両刃剣《りょうばけん》で。戦っては死に、戦っては逃《に》げ、狂《くる》おしい強風にあおられた木の葉のごとく、ぱらぱらと散《ち》っていった。

私のそばで、ショーンはがくんと膝《ひざ》からくずおれた。胸《むね》をマスケット銃《じゅう》で撃《う》ちぬかれたのだ。えりをぐいとつかみ、まるで命のつなでもあるかのように私にしがみついた。膝にだきかかえると、荒《あら》い息の下から、しぼり出すような声で言った。

「メ、メアリーの言うとおりだった。こんなところに来なきゃ……、おまえを

こんな恐《おそ》ろしいところへ連れてこなきゃ……。ロビー、逃《に》げるんだ、今すぐ。お父さんはもう終わりだ。自分の身は自分で守るんだ。」

ショーンはそう言うと、私《わたし》の腕《うで》の中でのけぞり、そのままことされた。

私は今まで長いあいだ、恥《は》ずかしく思ってきたことがある。ショーンをそのままにして戦場《せんじょう》から逃げてきたことだ。それでも、イギリス兵《へい》に見つかって殺《ころ》された戦友《せんゆう》たちとちがい、私は首尾《しゅび》よく逃げることができた。幸い無《む》きずで、足も頭の回転も速かった。明るい昼間は身をかくし、夜の闇《やみ》にまぎれて歩き、家に帰りついた。しかしときすでにおそく、非情《ひじょう》なイギリス兵が去ったあとだった。

生きのこった村人たちから、恐ろしい話を聞かされた。村はめちゃめちゃに破壊《はかい》され、抵抗《ていこう》する者は一人のこらず切りすてられたのだと言う。

「メアリーは?」私はさけんだ。「ぼくのお母さんは?」

彼《かれ》らは無言《むごん》で私を教会の墓地《ぼち》に案内《あんない》した。新しく掘《ほ》り起《お》こされた土の上に、彼女《かのじょ》の名前をきざんだ木の十字架《じゅうじか》があった。私は信《しん》じられず、ぼうっとそれを見ていた。

「ロビー、逃げるんだ。じきにイギリス兵がもどってくる。反乱軍兵士《はんらんぐんへいし》は根こそぎ探《さが》し出《だ》され、絞首刑《こうしゅけい》にされる。さあ行くんだ、ロビー。つかまらないうちにな。」

口ぐちに村人は言った。

また両親を失《うしな》って孤児《こじ》になり、私はスコットランド高地へと逃げた。悲しくて気が狂《くる》いそうだった。密告《みっこく》されるのがこわく、人目をさけて、以前《いぜん》のようにすさんだ生活を送った。押《お》し寄《よ》せるアリの軍隊《ぐんたい》のように、イギリス軍《ぐん》はスコットランドのすみずみまで侵入《しんにゅう》し、はびこっていた。つかまれば情《なさ》けようしゃなく殺《ころ》されるにちがいない。

私《わたし》は何週間も山中に一人わびしく身をひそめていた。危険《きけん》はまだ過《す》ぎ去《さ》るはずもなく、もっとかくれているべきだったかもしれない。しかし、荒《あ》れはてた山に食べるものといえば、木の実や木の根っこがあるだけで、体も心も保《たも》てなくなった。空腹《くうふく》にたえきれず、谷間へ下りていくことにした。

夜中に農場から農場へ、村から村へと歩き、ほんのわずかな食べ物を盗《ぬす》んで口に入れた。夜明けまでには納屋《なや》か牛小屋を見つけるようにした。昼間はそこでゆっくり眠《ねむ》れると思ったが、しょせん納屋は納屋でしかなかった。農場の飼《か》い犬《いぬ》に見つかったにちがいない。けたたましい遠ぼえや鳴き声が聞こえ、私は目がさめた。そしてらっぱ銃《じゅう》をひっさげた農夫が、家から飛《と》び出《だ》してきた。

ふたたび丘《おか》をめざして私は逃《に》げる。完全《かんぜん》に逃げきれたと思い、肩《かた》ごしにふり返ると、なんと馬に乗ったイギリス兵《へい》たちが、猛《もう》スピードで追いかけてくるではないか。さえぎるもののない丘はかくれるところもない。つかまったら今度こそ殺される。

しかし、人は死を目前にすると、生きるために何でもできる。気がつくと私は、使いはたしたはずの体力がよみがえり、全速力で走っていた。が、ついにそれも限界《げんかい》をむかえ、ヒースの荒野《こうや》に膝《ひざ》からくずおれた。谷間にこだまする一斉射撃《いっせいしゃげき》の爆音《ばくおん》。私は目を閉《と》じ、いっそひと思いにやってくれと、死を覚悟《かくご》したのだった。

ようやく爆音のこだまはおさまった。まだ自分が生きていることに気がつき、おそるおそる目を開けた。見ると、向こうの尾根《おね》へ、馬上のイギリス兵《へい》たちがかけていく。そのあとを、かなり大勢《おおぜい》の村人が馬に乗ったり、走ったりして追っている。だれもが興《こう》奮《ふん》して大声を張《は》りあげている。

なんというこうれしいおどろきだろう。追いかけ

られていたのは、私《わたし》ではなかったのだ。ここからは遠いうえに、ヒースの原野から猛《もう》スピードで飛《と》び出《だ》してきたので、すぐにはわからなかった。キツネにしては大きく、シカにしては小さい生き物だった。

えものを追って狩人《かりゅうど》たちは、すぐに丘《おか》の向こう

へ消えた。私《わたし》はひざまずいて神に感謝《かんしゃ》した。幸運にも逃《に》げることができたのだ。しかしその祈《いの》りも、さらなる銃声《じゅうせい》にさえぎられた。谷間にひびきわたる一斉《いっせい》射撃《しゃげき》の爆音《ばくおん》。あとに続《つづ》く恐《おそ》ろしく不気味《ぶきみ》な沈黙《ちんもく》……。

そのときだった。とつぜん丘《おか》の向こうから、また銃声がした。カロデン・ムアの戦場《せんじょう》で、イギリス軍《ぐん》に敗退《はいたい》したときと同様に、身の毛もよだつような勝ちほこった雄《お》たけびが聞こえた。狩《か》りは殺《ころ》すことだとわかっていたから、どんなけものであれ、かわいそうにと思った。そして自分ではなくてよかったと、あらためて心から神に感謝した。

ヒースの荒野《こうや》にそっと横たわり、私は遠くから、イギリス兵《へい》や猟師《りょうし》たちが村へ帰っていくのをながめていた。あわれなけものはさおにつるされ、ゆっさゆっさとゆれている。

日が沈《しず》み、丘は霧《きり》にすっぽりと包《つつ》まれた。今なら人目につかずに動ける。私は谷間へ下りて、流れの急な小川を渡《わた》った。そして、けわしい丘の斜面《しゃめん》をのぼる。その向こうでけものが銃殺《じゅうさつ》されたばかりだった。後ろには高くて越《こ》せない山、下にはイギリス兵でいっぱいの村。でこぼこ道を南へ行くしかなかった。できるだけ彼《かれ》らから遠ざかりたい一心だった。

さほど遠くないところで、巨大《きょだい》な平

たい石に、ぬれた血で文字が書かれているのが目にとまった。沈《しず》みゆく夕日の最後《さいご》の光の中で読んだ。

スコットランド最後のオオカミ
この石の近くで射殺《しゃさつ》さる
一七四六年四月二十四日

これが真実かどうかはわからなかった。当時の私《わたし》はオオカミのことをほとんど知らなかった。世間の評判《ひょうばん》では、凶暴《きょうぼう》な野生の犬の仲間《なかま》で、田舎《いなか》をうろつきヒツジをおそい、ときには人肉も食うと信《しん》じられていた。だから人間はオオカミを見つけしだい、ようしゃなく追いつめ殺《ころ》してきたという。

私はその場を動けなかった。そんな生き物に自分が助けられたとは、なんと不思議《ふしぎ》なことか。そんな思いにふけっているときだった。

近くのうす暗いヒースの茂《しげ》みで、クーンクーン、キャンキャンという鳴き声がする。

十歩ほど行くと、オオカミの子とすぐにわかる生き物が目に入った。攻撃《こうげき》する気力さえないようだ。こわいとは思わなかったし、オオカミの子もまったくこわがらない。そばにしゃがんでみたが、やはり気にするようすはない。とはいえ、心が張《は》りさけんばかりに鳴いては、地面をぺろぺろとなめている。私はしゃがんだまま、よしよしとなでてやった。

「ほら、おいで。」

すぐさま同じ境遇《きょうぐう》を感じて、そう呼《よ》びかけた。私たちは親のない子同士《どうし》であり、追われる逃亡者同士《とうぼうしゃどうし》だ。

「ここはぼくたちがいるところじゃないよ。今こうしてぼくが生きていられるのは、君のお母さんが死んだからなんだ。本当にごめんね。だからお母さんの代わりに、ぼくが君の世話をするね。だってぼく、お母さんに大きな大きな借《か》りがあるんだ。君にも借りがある。君はぼくと同じ、この世でひとりぼっちなんだから。でもいっしょにいれば、ひとりぼっちじゃなくなる。ね、

そうだろ？　いつもいっしょにいられるところへ行こう。ぼくを信《しん》じてくれるね。」

オオカミの子は想像以上《そうぞういじょう》に重く、だき上げるのに少し手こずった。腕《うで》の中でもがき、ウーッとうなってかみついたが、力がないので痛《いた》くはない。

「君をチャーリーと呼《よ》ぶね。だってスコットランド生まれのイケメンで、オオカミのプリンスだろ？」

その日から、食べ物はいつも二人分、生きていくわけも二人分になった。毎日それをこなすために、今までの二倍がんばった。

人里はなれた高い丘《おか》の農地で、チャーリーと長い夏の日々を過《す》ごした。近くの小川で魚つりをし、丘でわなをしかけてえものをとった。夏なので、ウサギや野ウサギがかけまわり、小川にはマスが泳いでいた。食べろとチャーリーに言う必要はなかった。食べ物をやればやるほど私《わたし》を信用《しんよう》してくれた。

初《はじ》めのうちは世間でいうオオカミの〝どうもうさ〟が気になり、恐《おそ》れもした。しかし、そのきざしを見つけることはなかった。いっしょにふざけているときに、唇《くちびる》を巻《ま》きあげ、歯をむき出すことはあったが、実によく遊んだ。ヒースの荒野《こうや》をかけまわりころげまわり、子供《こども》のようにとっ組み合ったりした。たとえかまれても、愛情表現《あいじょうひょうげん》のあまがみていど。前脚《まえあし》で不器用《ぶきよう》にドンとつくぐらいなので、けがをしたことは一度もなかった。

チャーリーはみるみる子供のオオカミから、若《わか》いオオカミへ成長《せいちょう》した。成長するにつれ、私のことがわかり、私が大好《だいす》きになった。自分の主人であり、友だちだとわかってきた。だから、私の行くところはどこへでもついてきた。

いつもここにいるからね、たよりにしているからね、大好きだからねと言うように、私のふくらはぎに鼻ずらをくっつけてきた。

私のほうはチャーリーを、敵《てき》だらけの世界でただひとりの友だちと思うようになった。ほかにだれもいないのだから。私たちはオオカミと反乱兵《はんらんへい》という似《に》たもの同士《どうし》で、はなれがたいきずなで結《むす》ばれていた。話し相手はチャーリーで、信用できるのもチャーリー。いつでも喜《よろこ》んで話を聞いてくれる、親友のような存在《そんざい》だった。

夏が去り秋になった。だが、人里はなれた丘《おか》は何ごともなく静《しず》かなままだ。そうはいっても、もの思いにふけるうちに冬がしのびより、状況《じょうきょう》はさらにきびしく不安《ふあん》がつのってきた。この不毛《ふもう》の土地で冬を越《こ》すのは、なみたいていではない。それに、ここもいずれ人に見つかって、また追いかけられる運命にちがいない。しばらく続《つづ》いた幸運も、そうそう続かないだろう。

この丘《おか》でもう逃亡《とうぼう》するつもりがないのなら、私《わたし》たちはどこか住むところを探《さが》さなければならない。海の向こうの、どこか住みやすそうな国に行けたらと思うようになった。たとえばフランスのような国に。フランス人はカロデン・ムアで、スコットランド人といっしょに勇敢《ゆうかん》に戦《たたか》ってくれた。わが反乱軍《はんらんぐん》に同《どう》情《じょう》的《てき》なので、かくれ場所の世話ぐらいしてくれるかもしれない。

私はエジンバラで一度、海を見たことがある。船が何隻《なんせき》も停泊《ていはく》していたことを思い出す。できるだけ早くエジンバラへ行きたい。人が大勢《おおぜい》行きかう通りなら、目立たないかもしれない。ここにいてもチャーリーがいるから、見つからずにいられる保証《ほしょう》はないのだ。

チャーリーは今はなついていて、よく言うことをきく。いろんな点で大型犬《おおがたけん》に見えるけれど、この時期にはまちがいなくオオカミらしくなってくる。オオカミほど、すぐにそれとわかる動物はほかにはいない。オオカミほど、恐怖心《きょうふしん》や憎《にく》しみをいだかせる動物もいない。もし見つかれば、確実《かくじつ》に私たち――オオカミと反乱兵《はんらんへい》――の死へとつながる。私はチャーリーの見た目を変《か》える作業にとりかかりながら、そのわけを話してきかせた。

あの夜、農場の壁《かべ》にすてられたヒツジの毛刈《けが》りバサミが目に入らなかったら、こんなことができるとは思いもよらなかった。私はハサミをたき火の中につっこんでサビを落とし、砥石《といし》でといでぴかぴかに光らせた。そうしてチャーリーの毛を刈《か》りはじめる。彼《かれ》はばかにするなとばかり、あからさまにおこっている。ウーッとうなって後ずさりし、少しもじっとしていてくれない。

私《わたし》よりはるかに力が強くなったチャーリーをおさえられず、いつものようにえさにたよることにした。何度もウサギの肉でなだめてみたところ、しぶしぶだが立ち上がり、毛を刈《か》らせてくれた。

オオカミの毛がぎっしり、ふさふさと生えることを、毛を刈って初《はじ》めて知った。何時間もかけてやっと刈り終えたら、うすよごれたディアハウンド（スコットランド原産《げんさん》のシカ狩《が》り用の猟犬《りょうけん》）に見えた。近くでよくよく見ると、大きな足には水かきがついている。目もこはく色で、猟犬とはちがっている。でも一見、姿《すがた》も形もオオカミとはちがうので、大型《おおがた》の猟犬で通るかもしれない。私はそれだけで満足《まんぞく》した。

チャーリーは恥《は》ずかしさで身をふるわせ、足のあいだにしっぽをはさんで、とがめるような目で私を見上げていた。私のしたことは、そう簡単《かんたん》にはゆるされないだろう。だがそう思うのはまちがいだった。そもそも彼《かれ》の性質《せいしつ》に、うらみをいだくということはないらしい。その証拠《しょうこ》に、私《わたし》たちはまたすぐ仲《なか》よくなれたのだから。

そうこうするうち、農地に初雪《はつゆき》がふってきた。私はチャーリーと南のエジンバラへ出発した。幸運にも、旅は思ったより安全だった。イギリス兵《へい》もあまり見かけず、行く先々で呼《よ》びとめられることもなかった。一度、道ばたにぺったりすわっている酔《よ》っぱらいの旅人に、声をかけられたことがあった。こんな変《か》わった目の犬は初《はじ》めて見た、と彼は言った。

「その犬、オオカミっぽいなあ。もっと毛がふさふさだったら、ぜーったいオオカミだな。」

私は何にも言わずに明るく手をふり、ふり向きもせず通りすぎた。ついてこないでと、心でくり返し願《ねが》いながら。幸いついてこなかったので、胸《むね》をなでおろした。

いったんにぎやかな街《まち》の通りに入ると、あんのじょうだれも私たちに目をとめなかった。人が多いほうが安全というのは本当だった。思いがけず、リースの波止場で帆《ほ》を修理《しゅうり》する仕事が見つかり、近くの地下室で下宿させてもらうことになった。ネズミが走りまわる部屋だったが、チャーリーがのこらず退治《たいじ》してくれた。帆の修理は根気がいるうえ、給料《きゅうりょう》も十分とはいえない。でも屋根があって、食べるだけのお金もある。ありがたいと思った。

とはいえ密告《みっこく》されるとこまるので、船員たちが泊《と》まる宿屋兼《けん》酒場へはあまり行かないようにした。素性《すじょう》がばれないように、人づきあいはなるべくさけた。

リースの港にはいつもイギリス兵《へい》が大勢《おおぜい》いたが、近づいてきたら目を合わさないようにし、道の反対側《はんたいがわ》を歩いたものだ。

しんと静《しず》まった下宿部屋で私《わたし》は、変装《へんそう》がばれないように毎晩《まいばん》チャーリーの毛を刈《か》った。だいぶこの習慣《しゅうかん》になれてきたのか、必要と感じたのか、動かずにいてくれた。毛を刈りながら、夢《ゆめ》や希望《きぼう》を話してきかせた。

「いつか船を見つけて、どこか遠くの海岸へ行こう。もうつかまえられることはないからね。おどされたり、じゃまされたりしないで、どこでも自由に歩きまわれるよ。」

そのために昼間は、むし暑い作業部屋にこもって帆《ほ》の修理《しゅうり》にいそしんだ。夜は将来《しょうらい》を夢見て、実現《じつげん》できますようにと祈《いの》りをささげた。亡《な》きメアリーが、主はいつも聞いてくださるから、と言っておしえてくれた祈りを。ただ当時の私は、彼女《かのじょ》の言葉を信《しん》じていなかったように思う。マッキノン船長に会う日までは……。

夜もふけて通りに人かげがとだえると、よくチャーリーと散歩《さんぽ》に出かけた。そんな夏のある日のことだ。私はいつものようにチャーリーと海をながめていた。そこでぐうぜん、一人の見知らぬ男に出会った。いや、彼《かれ》が私に出会ったというべきか。服装《ふくそう》からすぐ、彼は紳士《しんし》であり、船長だとわかる。相手をまっすぐ見るさまは、正直な人のようだ。だが私は、知らない人といっしょにいると、いつも身がまえてしまう。これはあとでわかったことだが、彼こそ私の人生の進路もチャーリーの進路も、永久《えいきゅう》に変《か》えることになる人だった。

船長は、パイプに火をつけようと足をとめた。火がつくと、にこやかに私に話しかけた。

「なかなかいい猟犬《りょうけん》じゃないか。ひょっとして、あの、あれじゃないかな。」

「あれって、どういう……?」

私《わたし》はぎょっとし、すぐにきいた。

「私の目がおかしくなければだが、これまで見てきた中で、どの犬にも負けないぐらいオオカミに似《に》ている。」

「オオカミはスコットランドにはいません。もういなくなりました。」

私はきっぱりと言った。

「ああ、かもしれないねえ。だけど、イギリス兵《へい》はたくさんいる。ちがうかな? 言ってる意味がわかればだが。」

すばやくかわす二人の目は、口に出さずとも、とっさにたがいを理解《りかい》した。

そのとき私《わたし》は思った。もうこの人を疑《うたが》わないでいよう。私には逃《に》げこむ港が必要だから。もう彼《かれ》を恐《おそ》れる必要はないと。

「いつも夜に、君とその猟犬《りょうけん》がここにならんですわってるのを見かけてね。」

そのあとを船長はこう続《つづ》けた。

「行ってみたそうに、いつも海のかなたをながめてた。ちがうかな？」

ちがうとは言えなかった。パイプの火の向こうに船長の目が光る。

「どこへ行きたいのかな？　フランス、それともアメリカ？　アメリカでこの猟犬よりも大きなオオカミを何匹《なんびき》か見たことがある。もう少し毛がふさふさしてたが、そう変《か》わらない。ほんとにこの目はもうあのオオカミと同じだよ。オオカミの目だよ。」

「アメリカのことをご存《ぞん》じなんですね。行ったことがあるんですか？」

船長の目をチャーリーからそらせたくて、私はそうたずねた。

「うん、何度も行ったよ。アメリカは地球の楽園だ。君も行くといい。みんな行くといい。自分の目で確《たし》かめてみるといいよ。何千マイルもの広大な荒野《こうや》があるんだ。ほんとうに夢中《むちゅう》になれるところだよ。平和が見つかるから。平和も成功《せいこう》もね。それに、何といっても人がいちばん必要とするもの、望《のぞ》むものが見つかるよ。」

「何ですか、それは。」

私はたずねた。

「自由さ。」

船長はそう言って私の目を見た。あまりにもじーっと見るので、私は心の奥《おく》を見すかされている気がした。

「君の探《さが》してるものが自由なら……そうじゃないかと思うんだが、何か私《わたし》にお役に立てることがあるかもしれない。」

彼《かれ》は帽子《ぼうし》のひさしを、ちょっと上げてこう言った。

「それでは、自己紹介《じこしょうかい》させてもらおう。私はマッキノン船長。向こうの波止場にとまってるだろ、あの二本マストのペリカン号の船長だ。二、三日したら出航《しゅっこう》する。最初《さいしょ》にウールの貨物《かもつ》をフランスのボルドーに届《とど》け、次はおいしいフランスワインをアメリカへ届ける。君の参加《さんか》を大いに歓迎《かんげい》するよ。」

「ぼくには船に乗るお金がないから……。」

私は言った。

「お金を出せと言ったかな？　働《はたら》くことがいやでなければ、喜《よろこ》んでやとうよ。力もちの水夫があと一人ほしかったところだ。賃金《ちんぎん》は出ないけど、食事はちゃんと出る。君をアメリカまで、全力をあげて安全に送り届けよう。」

「ぼくが行くときは、この犬もいっしょです。どんなときもはなれないよって、何度も約束《やくそく》したんです。」

船長はハハと笑《わら》って、私の肩《かた》をポンとたたいた。

「うん、その心意気、気に入ったよ。じゃあこの犬は、船の専属犬《せんぞくけん》だな。ネズミを追っぱらってくれるし、風や波に向かってほえてても、うなってもかまわない。これからはきっと、そういうことがいろいろ起こりそうだ。この犬は、まちがいなく自分の食いぶちぐらいはかせげるよ。どうかな？　我々《われわれ》といっしょにやってみるかい？」

そう言って船長は手をさしだした。私は喜んでその手をとった。船長の親切な申し出に、私は心から感謝《かんしゃ》した。

というわけで、私《わたし》はペリカン号の新米乗組員となり、その週のうちに祖国《そこく》スコットランドを永久《えいきゅう》にあとにすることになる。ショーンとメアリーと過《す》ごした短い年月を思い出し、ちょっぴり悲しくなったことを告白《こくはく》しよう。祖国で過ごした数少ない幸せの日々だった。

マッキノン船長がいかにすぐれた高潔《こうけつ》な人かがわかるのに、さほど時間はかからなかった。出港して何時間とたたないころだった。陸地《りくち》が見えなくなりそうなところで、船倉《せんそう》を開けろと船長から指示《しじ》が出た。おどろいたことに、二、三十人ほどの男、女、子供《こども》たちが、ぎらぎらまぶしい太陽に手をかざし、船のデッキに出てきた。みなやせこけ、貧《まず》しい身なりをしている。船べりに立って、スコットランドの丘《おか》が見えなくなるまで、泣《な》きながら見送る人々がいた。だがほとんどはひざまずき、敵《てき》からわが身を救《すく》い出《だ》してくれた神に、感謝《かんしゃ》の祈《いの》りをささげていた。

彼《かれ》らは、私やチャーリー、そして乗組員と同じように、ボニー・プリンス・チャーリーの熱烈《ねつれつ》な支持者《しじしゃ》で、イギリス軍《ぐん》から命からがら逃《に》げてきたのだ。

船上の我々《われわれ》にとって、マッキノン船長は救世主《きゅうせいしゅ》であり守護天使《しゅごてんし》だった。あとで聞いた話によると、その気高い決意は、彼自身の深い悲しみからきていた。今の私と同じ十六歳《さい》だった彼の一人息子《ひとりむすこ》が、カロデン・ムアの戦《たたか》いで虐殺《ぎゃくさつ》されたそうだ。悲しみにくれる中、妻《つま》もあとを追うように亡《な》くなったという。

船長はそれ以来《いらい》、何百人もの逃亡者《とうぼうしゃ》に手をさしのべてきた。見つけしだい、安全なアメリカにこっそり渡航《とこう》させた。彼ほど勇敢《ゆうかん》で親切な人は、あとにも先にもいないだろう。

彼《かれ》はまたすばらしい船乗りで、人の気持ちが理解《りかい》できるだけでなく、波や空もようを読むこともできた。それに、今やいつも我々《われわれ》の自由と生命をおびやかすイギリス艦隊《かんたい》から逃《のが》れる航海《こうかい》も心得《こころえ》ていた。そんな優秀《ゆうしゅう》な船長が舵《かじ》をとるのだから、困《こま》ったことは起こらないと私《わたし》は思っていた。しかしそれは大きなまちがいだった。

チャーリーは、人でごったがえす船室が大の苦手だった。広大なスコットランド高地になれた私たちは、息苦しい人ごみの中に監禁《かんきん》されているみたいで、どうにも落ち着かない。

そんなわけで私とチャーリーは、見張《みは》り当番《とうばん》の日でなくても、天候《てんこう》のゆるすかぎりデッキで過《す》ごした。風の中で息ができ、広い空も海もながめられる。孤《こ》独《どく》も感じられ、心がなごむのだ。私たちは船室の暑さやにおいから逃れ、毎晩《まいばん》のように星空の下で丸くなって寝《ね》た。同じ逃亡者仲間《とうぼうしゃなかま》は、そんな習慣《しゅうかん》がまるで理解できないようで、不思議《ふしぎ》がられたものだ。

しかし日がたつにつれ、チャーリーはデッキで、不安《ふあん》げに行ったり来たりするようになった。ひっきりなしに立ちどまっては海を見ている。まるで陸地《りくち》を待ちわびているかのように。

嵐《あらし》が近づくと、いつも船首でじっと前を見ている。耳をぴんと立て、危険《きけん》にそなえる見張《みは》り兵《へい》みたいに。期待や興奮《こうふん》で全身がふるえている。とつぜんそのわけがわかった。チャーリーは風に向かって頭を上げ、人をおびえさせ動揺《どうよう》させるような、とほうもなく不気味《ぶきみ》な声でほえたのだ。

その声を聞きつけ、船じゅうにうわさが広がった。オオカミのようにほえる

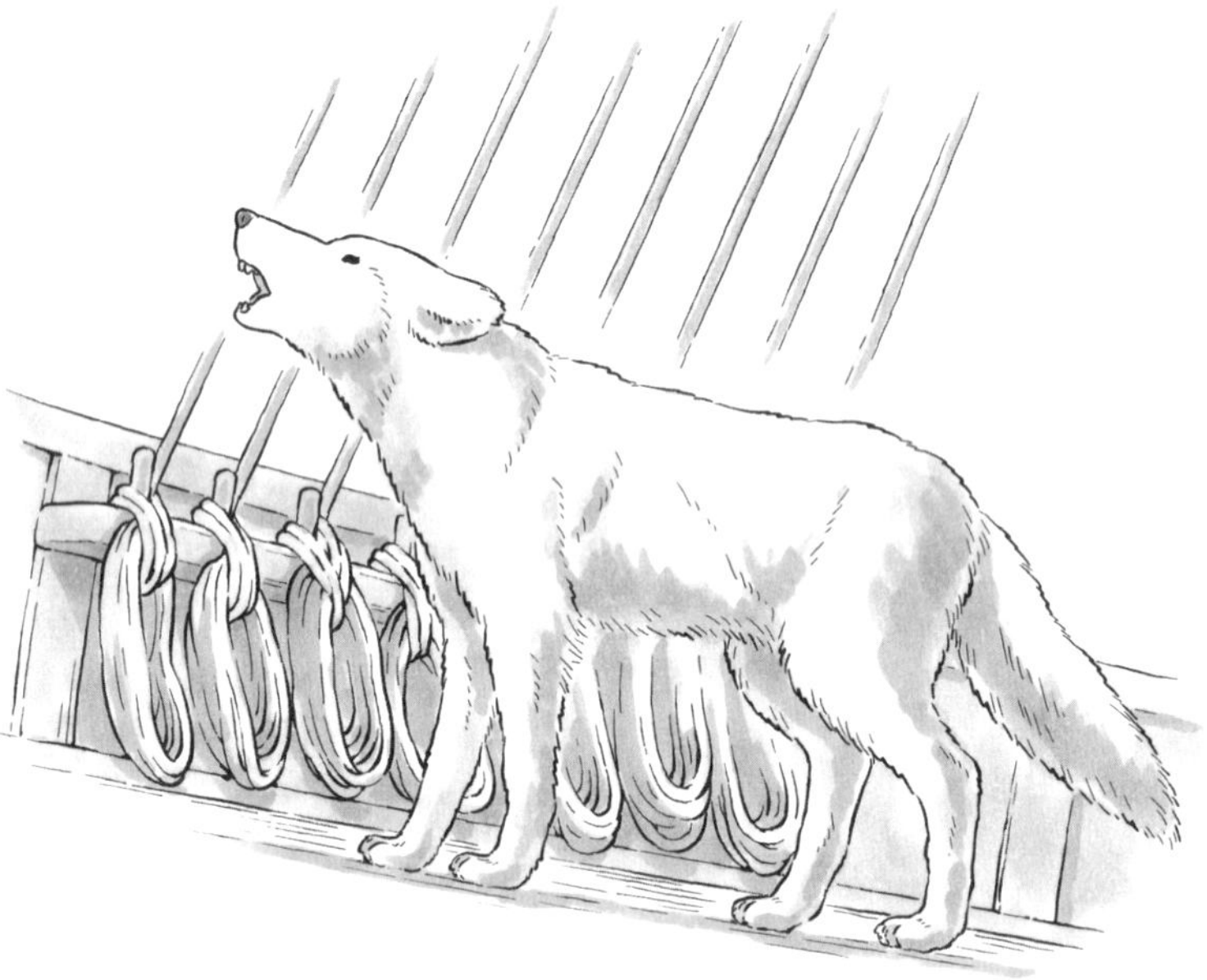

のは、本当にオオカミだからだ、などとささやき合った。もちろん私《わたし》はちがうと言《い》い張《は》ったけれど、だれも聞く耳を持たなかった。

チャーリーは「悪魔《あくま》の犬」だの、「ヨナ（旧約聖書《きゅうやくせいしょ》に出てくる預言者《よげんしゃ》）の犬」だのと呼《よ》ばれた。私がいくら抗議《こうぎ》し、だいじょうぶだからと言っても、母親たちは子供《こども》を、チャーリーや私から遠ざけはじめた。いつも楽しく遊んでいたのに、気がつけば、みんなにさけられていた。そのうち、きらわれ者みたいに追っぱらわれ、一人も友だちがいなくなった。そんな中で、変《か》わらず私とチャーリーにやさしくしてくれたのは、あの偉大《いだい》な船長だったことを、ここに記しておきたい。

チャーリーには異常《いじょう》なパワーがあるらしい。そんなうわさをたびたび耳にした。私も気がついて不思議《ふしぎ》に思っていた。ほかの人はもちろん、船長でさえ気づかないうちに、嵐《あらし》がくるのを感じとるパワーがあるというのだ。

しかし、チャーリーを疑《うたが》う口うるさい連中は、もっとひどいことを言った。気味の悪い遠ぼえで嵐を予告《よこく》するのは、チャーリーが嵐を連れてくるからだ。チャーリーはこの船の災《わざわ》いのもとだ、みんなをおびやかすものだと。

うわさは山火事のごとく、一気に船じゅうに広がった。私たちへの憎《にく》しみが、みるみる大きくなっていく。私は人が受け入れられなくなり、孤立感《こりつかん》を深めることになった。そして、さらに悪いことが起きようとしていた。

船はぶじイギリス軍《ぐん》の封鎖線《ふうさせん》をかいくぐり、フランスのボルドーに羊毛の積《つ》み荷《に》を届《とど》けた。そしてアメリカへ向かう海上で一日だけ停泊《ていはく》したときのことだ。チャーリーが船首で、例《れい》の不気味《ぶきみ》な声でしきりにほえている。大気中に嵐《あらし》を感じとったにちがいない。今に巻《ま》きこまれるとだれもが思った。船長は、メインマストの帆《ほ》をすぐたたむように指示《しじ》した。我々《われわれ》は板を打ちつけるなど、全力でせまりくる災難《さいなん》にそなえた。嵐が来る前に船を走らせ、しっかりふんばるようにと船長は言った。ほかに打つ手はないのだからと。

まる五日間というもの、想像《そうぞう》もできない山のような荒波《あらなみ》に、船はたえまなくもて遊ばれた。高さ十四、五メートルもありそうな、巨大《きょだい》な緑色の波が船めがけ、ざんぶと落ちてくる。あまりのはげしさに、今に船ごと飲みこまれるかと

思われた。あんなに祈《いの》ったことはない。けれど嵐《あらし》はようしゃなく荒《あ》れ狂《くる》い、ゴーゴーとうなり声をあげた。けんめいな祈りもむなしく、神は我々《われわれ》を完全《かんぜん》に見すてたかに思えた。

嵐の中、一人の男が海に落ちて行方不明《ゆくえふめい》になった。もう一人、ダンディー（エジンバラ北方の都市）から来たロリー・ナイヴェンは、船室で体をぶつけて意識《いしき》不明《ふめい》の重体になり、のちに妻《つま》の腕《うで》の中で息たえた。船は何度も沈《しず》みかけた。さけられない死がせまり、私《わたし》は一度ならず身をゆだねる覚悟《かくご》をした。

そんな長い悪夢《あくむ》の中でも、マッキノン船長は冷静《れいせい》かつ勇敢《ゆうかん》で、みんなのよき手本となった。いつも我々の気持ちを盛《も》り上《あ》げようとし、各自やるべきことをやるように言った。このペリカン号は安全だから、どんな嵐が来ても沈みはしない。必ずや神のご加護《かご》で守られるだろうと。

結局《けっきょく》、この船長の言葉が証明《しょうめい》されることになった。ところが、嵐がやっとおさまり、空が晴れたと思ったら、嵐をはじめ、起きたことのすべてが、私とチャーリーのせいにされていた。

亡《な》くなったロリーの水葬《すいそう》が終わり、みんながデッキにいるときだった。これまで必死にこらえてきた苦難《くなん》や悲劇《ひげき》に、乗客も乗員もひどく腹《はら》が立っていた。船暴動《ぼうどう》でも起こしかねないけんまくで船長につめ寄《よ》り、口々にまくしたてた。船をすぐフランスに引きもどせ。チャーリーとロビーを船から引きずりおろすんだ。さもなければロングボートで海にほうり出してやる！　私は想像《そうぞう》するだけで背《せ》すじが凍《こお》った。

船長は最後《さいご》までしんぼう強く聞いていたが、怒《いか》りに燃《も》える目でにらみつけると、重々しく胸《むね》の内をぶちまけた。

「恥《はじ》を知りなさい。ここにいる全員、自分の恥を知りなさい。あなた方を今までかいかぶっていました。たいへん誤解《ごかい》していたようです。我々《われわれ》が逃《に》げてきたのは、イギリス軍《ぐん》のように残酷《ざんこく》になるためだったのですか？

オオカミであろうとなかろうと、チャーリーは我々人間と同じ、神の創《そう》造物《ぞうぶつ》です。だれにも危害《きがい》をくわえていないではありませんか。

私《わたし》はチャーリーもあなた方も、ぶじアメリカに連れていくと誓《ちか》いました。神のご意向のもと、それをなしとげます。私は生涯《しょうがい》この海を渡《わた》ってきた人間です。ひどい嵐を何度も切りぬけてきたのです。

チャーリーが嵐を連れてきたのではありません。そんな話はでたらめな迷信《めいしん》で、まったくおろかな話です。いいですか、嵐を連れてきたのは、はげしい風や潮流《ちょうりゅう》です。そういうものが重なって、手に負えない大波を引き起こしたのです。

ですから、あなた方の言うとおりにはしません。この船の船長は私です。いくらおどされても、フランスにはもどりません。彼《かれ》らをロングボートですてろと言うなら、どうぞ私もすてなさい。恥知らずな人たちといるぐらいなら、彼らと死んだほうがましです。」

船長に反論《はんろん》する者はいなかった。はげしいけんまくに人々はうなだれ、気まり悪そうにこそこそ引き上げていった。それからというもの、暴風《ぼうふう》が吹《ふ》き荒《あ》れる日もおだやかな日も、チャーリーの悪口を言う者はいなくなった。もちろん私《わたし》の悪口も。日がたつにつれ、仲間《なかま》たちはそんなことはさっぱり忘《わす》れたように、また私とチャーリーにやさしくなった。子供《こども》たちは以前《いぜん》のようにチャーリーと遊び、遠ぼえのまねをしはじめた。まるでペリカン号に、オオカミが一匹《ぴき》どころか、大きな群《む》れでいるかのように。

さて、我々《われわれ》は今やたえず、アメリカでの希望《きぼう》に満《み》ちた新生活の話に、花をさかせていた。逃亡者《とうぼうしゃ》仲間のほとんどが、母国スコットランドのヒツジ農場をイギリス兵《へい》にうばわれた人たちだ。アメリカへ渡《わた》ったら、新しい土地を探《さが》すことだろう。ヒツジに牧草《ぼくそう》を食べさせて、もう一度平和で静《しず》かな暮《く》らしを送りたいと願《ねが》っている。

自分でよく考え、偉大《いだい》な船長にも相談して、私もヒツジを飼《か》うことにした。マッキノン船長は、「広大で、すばらしい未開拓《みかいたく》の荒《あ》れ地《ち》」が、あちこちにあると言ってくれた。アメリカに着いたら、どこか未開地《みかいち》の奥《おく》に住み、自分の農場をつくろうと心に決めた。せんさく好《ず》きな人々からはなれていれば、チャーリーとずっといっしょにいられると思った。

長く多難《たなん》な船旅が何週間も続《つづ》いたあと、マッキノン船長はついに、我々に約《やく》束《そく》してきたように、ぶじ大西洋横断《おうだん》を果《は》たしたのだ。船長への尊敬《そんけい》や愛情《あいじょう》、そして感謝《かんしゃ》の気持ちで、我々はかたく結《むす》ばれていた。

初《はじ》めて陸地《りくち》を見つけた朝のことを、生涯《しょうがい》忘れることはないだろう。

水平線のはるかかなたに、自分の新しい国の海岸が見えてきた。そのとき、私《わたし》は幸運にみちびかれるように、ぐうぜんにも帆柱《ほばしら》にのぼっていた。ひとり見《み》張《は》り台《だい》の上で、遠くをながめていた。ということは、あの船でいちばん最初《さいしょ》にアメリカを見つけたのは、この私ということだ。

「陸地《りくち》だー！」私は大声でさけんだ。「左舷《さげん》前方に陸地発見！　アメリカだ！　アメリカだー！」

あの瞬間《しゅんかん》は私の人生で、最高《さいこう》に幸せなときとして今もはっきりおぼえている。帆《ほ》を支《ささ》えるロープを伝《つた》ってデッキへ下りていく私の耳に、リール（スコットランドのダンス音楽）をひくバイオリンの音が聞こえてきた。海岸がだんだん近づくのを待ちながら、我々《われわれ》はただもううれしくて、一日じゅう歌って踊《おど》った。チャーリーも遠ぼえでうなりだし、演奏《えんそう》がよく聞きとれないほどだ。だがそれは嵐《あらし》の前ぶれではなく、アメリカ到着《とうちゃく》の成功《せいこう》を知らせる遠ぼえだった。

しかし大喜《おおよろこ》びの熱気《ねっき》はすぐに、悲しさで冷《さ》まされることになる。船のイカリがおろされるや、マッキノン船長とは別《べつ》の道を行く運命が待っていた。彼《かれ》は我々《われわれ》に忠告《ちゅうこく》した。ぐずぐずしてはいけない、すぐに船からはなれなさいと。アメリカにもイギリス軍兵士《ぐんへいし》がいて、いつも監視《かんし》しているからと。私《わたし》はその言葉をしっかり胸《むね》にきざんだ。

「ゆだんは禁物《きんもつ》だからね。スコットランドと同じで、このアメリカを支配《しはい》しているのも、いまいましいイギリス軍だということを忘《わす》れないように。兵士のほとんどは町にいるし、人数が少なくて土地は広いが、用心をおこたらないこと。彼らに近づきさえしなければ、君たちの探《さが》している自由はきっと見つかるから。神がともにあらんことを！」

その日、ペリカン号のデッキで仲間《なかま》と別《わか》れるときだった。船長は私の手にマスケット銃《じゅう》をにぎらせ、とにかく荒野《こうや》はあちこちあるから、北の森に入っていくといいと忠告してくれた。

「ロビー、荒野で生きぬくにはぜったいこれが必要だ。未開地《みかいち》は広くて危険《きけん》がいっぱいだからね。」

こうして船長や逃亡者《とうぼうしゃ》仲間に別れを告《つ》げると、私とチャーリーは北へ向かい、ゆっくりとバーモントの森に入っていった。初《はじ》めて見る濃《こ》い秋色に染《そ》まった木の葉は、まっ赤に光《ひか》り輝《かがや》いている。その美しい荒野に、来る日も来る日も分け入った。

奥《おく》に入るにしたがって人がまばらになり、私はますますうれしくなってきた。

それでも、チャーリーがオオカミに見えないかといつも不安《ふあん》で、たびたび毛を刈《か》った。オオカミはこのアメリカでも恐《おそ》れ、きらわれているようで、見つかればその場で殺《ころ》されてしまう。

私《わたし》たちはスコットランド高地にいたころのように、自給自足《じきゅうじそく》で暮《く》らした。といってもここは自然《しぜん》の豊《ゆた》かな国なので、えものがあちこちにいた。シカ、野生のブタ、七面鳥、ウサギ等々。ウサギなどは、スコットランドでわなをしかけてとったものより二倍、いや、おそらく三倍もあった。大きい川にも小さい川にも、見たこともないすばらしい魚がたくさんいた。ここでは銃《じゅう》やわなで猟《りょう》をしたり、魚つりをしたりする腕《うで》があれば、だれでも食べ物に不自由《ふじゆう》することなく生きていける。マッキノン船長の言葉どおり、アメリカはまさに地上の楽園だった。

一方、危険《きけん》な楽園でもあった。ここへ来てすぐにわかったのだが、この森にはクマがたくさんいた。初《はじ》めて遭遇《そうぐう》したときは、そこで人生が終わるところだった。

ある晩《ばん》、私は火をおこしチャーリーと食事をしていた。すると森の中から、黒くでっかいクマがふらりとあらわれた。ごちそうを分けてもらいたいのだと思った。そばにマスケット銃はなく、あったとしても弾《たま》をこめてない。かしこいチャーリーは、さっさと私をおいて逃《に》げた。バカな私は立ち上がり、その不《ふ》法侵入者《ほうしんにゅうしゃ》にわめきちらした。こわがらせて追っぱらおうと、わっさわっさと体をゆらした。腹《はら》をすかせたクマと食べ物のあいだに立つことが、いかにおろかなことか、そのときは知るよしもなかった。

うなり声をあげて突進《とっしん》してきたクマは、後ろ足で立ち上がると私をなぐり倒《たお》

そうとした。もしもあの最後《さいご》の瞬間《しゅんかん》に、自分のまちがいに気づかなかったら、急いで逃《に》げなかったら、殺《ころ》され食われていたにちがいない。ちゃっかり逃げたチャーリーを、あとで「ひきょう者!」ととがめたが、彼《かれ》はすっかりけいべつしたような目で、じろりとにらみ返したのである。

森に住みつく野生人のように、私《わたし》は行く先々でわなをしかけ、えものをとった。そうしながら毎日谷間に下りて、住みやすそうな場所や、農業に適《てき》した肥《ひ》沃《よく》で、水の豊《ゆた》かな土地を探《さが》した。しかしそれは、想像《そうぞう》以上《いじょう》にたいへんだった。枯《か》れ葉《は》が舞《ま》い、風に冬の足音を感じて初《はじ》めて、時間がのこされていないことを知った。冬が来る前に、どこか落ち着く場所を探さなければならない。私はますますあせった。必死になって探しまわった。

ところが、問題はほかにも起きていた。うすうす気づいていたのだけれど、チャーリーの行動や、態度《たいど》そのものに変化《へんか》があらわれていた。すでにおとなのオオカミに成長《せいちょう》したチャーリーは、私《わたし》といるときは今までと変《か》わらず、おとなしくてやさしい、いい友だちだったが、今までとはちがう目をすることに気がついた。ときどきどこか落ち着かないような、うわの空の目をするのが、私をとても不安《ふあん》な気持ちにさせた。

ある晩《ばん》、森でキャンプをしたときからだ。チャーリーはこれまでのように、私に体をくっつけて丸くならず、少しはなれて横になるようになった。立ったまま一睡《いっすい》もせず、月にほえることもある。私はわけがわからなかった。

朝、目がさめると、チャーリーがいないことがよくあった。それでも、いつも帰ってくるのでほっとした。もどってくると、久《ひさ》しぶりに会う親友のように、愛想《あいそ》よくあいさつしてくれた。少なくともこの愛情表現《あいじょうひょうげん》のおかげで、しばらくは安心することができた。しかし内心では、チャーリーとのあいだにきょりを感じていた。息子《むすこ》がすっかり成長《せいちょう》して一人前の男になったときのような、もう父親を必要としなくなったときのような、父親と息子のあいだにできた心のきょりのようなものを感じるのだった。

ある晩、深い森にかくまわれた谷で、私はテントを張《は》った。真水がさらさら流れる小川に近く、浅瀬《あさせ》には魚が待ち受けている。日暮《ひぐ》れになれば、シカやヘラジカが水を飲みにやってくる。そうだ、ここだ。いろいろ探《さが》してきた中でも、住みついて農業を営《いとな》むのに最適《さいてき》の土地だと思った。ここにしよう！　ついにマイホームの場所を見つけたのだ。季節《きせつ》はもう冬になろうとしていたが、なんとか間に合った。

冬の嵐《あらし》から身を守るために、小さな丸太小屋を建《た》てた。ちょうど完成《かんせい》したとき、ちらちらと初雪《はつゆき》が落ちてきた。春まで燃《も》やし続《つづ》けなければならないたきぎを、丸太小屋の壁《かべ》にぎっしりと積《つ》み上《あ》げた。

マッキノン船長のマスケット銃《じゅう》で、初《はじ》めてクマを撃《う》った。ひんぱんに食べ物をあさりに小屋にあらわれる、招《まね》かれざる客だ。そのクマの毛皮で、きびしい冬の夜に着る防寒着《ぼうかんぎ》をつくった。食料《しょくりょう》は私《わたし》とチャーリーに必要な分だけ、狩《か》りをし、わなをしかけ、魚をつってまかなった。

バーモントの冬は、とてつもない寒さだとわかった。猛吹雪《もうふぶき》が何日も続き、いつやむともなく小屋をたたきつける。スコットランド高地のどこよりもきびしかった。このまま吹《ふ》き飛《と》ばされるのではと思うときもあったが、ありがたいことに小屋はしっかりと立っていた。小屋の中で私はクマの毛皮をまとって暖《だん》をとり、もりもりと食べた。生きぬくのに必要なものがすべてそろっていたので、ひなん小屋での生活は大いに満足《まんぞく》できるはずだった。しかし、そうではなかった。

小屋ができた当初《とうしょ》から、チャーリーは小屋でいっしょに寝《ね》るのをいやがった。えさを食べるときも中に入ろうとしない。動くものは何でも追いかけて日を過《す》ごした。とくに小さなシマリスが大好物《だいこうぶつ》に見えたが、他のものはほとんどつかまえられなかった。

毎晩《まいばん》ひとり火のそばで寝ていると、外でチャーリーの遠ぼえが聞こえた。声は森じゅうにこだました。それがこだまではなく、オオカミたちの返事だったことを、かなりあとで知った。そのときようやく気がついた。いつかチャーリーは完全《かんぜん》に私《わたし》のもとを去り、自分の種族《しゅぞく》のもとへもどるのだと。私は必死にその可能性《かのうせい》を頭から消し去ろうとした。想像《そうぞう》するだけでとても悲しくなる。しかし、どうしても頭からはなれない。結局《けっきょく》、彼《かれ》がいなくなる恐怖《きょうふ》におびえながら、毎日を過《す》ごすことになった。

チャーリーが私をおいて、いく日も帰らない日が続《つづ》くようになった。もう会えないのではと思ったけれど、いつももどってきた。アメリカに渡《わた》って最初《さいしょ》の長くきびしい冬のあいだ、ずっと私の友だちでいてくれた。だが、帰ってきてもなぜか落ち着かないふうで、好《この》んで小屋の外に立っていた。あこがれに満《み》ちたまなざしで、じっと森を見つめながら。

気になることがもうひとつあった。私があたえるえさを受けつけなくなったのだ。自分でえものをとって食べているにちがいない。完全に出ていかないでくれと祈《いの》りつつも、今にそうなるのではと思うとこわくなった。彼の中の野生へのあこがれが、たえられないほど大きくなってしまったのだろう。心の中で、私への忠誠心《ちゅうせいしん》と、ありのままの自分でいたいという、二つの気持ちが戦《たたか》っているのだ。そして最後《さいご》にはどちらが勝つのか、私にはわかっていた。

ある春の日の夕暮《ゆうぐ》れのことだ。小屋の外にいたチャーリーが、私のすぐそばに来てすわった。何かを伝《つた》えようとしているようだが、私を見る気になれないらしい。しばらくたがいにだまっていた。ふと見ると、シマリスが牧草地《ぼくそうち》で遊びまわっている。なのになぜか、チャーリーは追いかけるそぶりを見せない。私はぴんときた。ついに長いあいだ恐《おそ》れていたときがきたのだ。

重く沈《しず》んだ気持ちで言った。

「どうしたチャーリー。もう何をしてもいいんだよ。自由なんだよ。ぼくもね。自分の行きたいところへ行きな。自分がいられるところへ、幸せでいられるところへ。さあ、チャーリー。」

チャーリーによくわかるように、私《わたし》はその足をぐいっと向こうへ押《お》しやった。彼《かれ》は立ち上がり、ちらっとこちらをふり向くと、二度とふり返ることなく立ち去った。

私はこの世でたったひとりの親友を、仲間《なかま》を失《うしな》ってしまった。感じたことのない深い悲しみが、ひしひしと波のように押《お》し寄《よ》せてきた。これはさけられないことなんだ、私たちがこの地まで来て、別《わか》れることになるのも運命なんだと、自分に言いきかせた。

その日から私《わたし》は、毎日チャーリーを探《さが》して歩いた。しかし、わずかに二度見かけたきりだ。そして次の春がきた。冬のあいだできなかった森の手入れを終え、たき火をしていたときのことだ。木の枝《えだ》や下やぶ、根っこなどを高く積《つ》み上《あ》げて火をたいた。ちょっと休憩《きゅうけい》しようと、熱《あつ》くなったたき火から二、三歩後ろへ下がったとき、ちらちらゆれるもやの向こうを見ておどろいた。なんとチャーリーが小川のそばに立っているではないか。

おいで、私はそう声をかけ、彼《かれ》のほうへ歩を進める。彼はじっとしたまま、用心深い目で私を見ている。その目は、近づいてほしくないと言っている。

私は足をとめた。

「こんにちは、チャーリー。」

なんとか声をとりもどし、かすれる声で言った。彼は元気そうで、たくましくなり、幸せそうだ。毛並《けな》みもふさふさと生えそろい、オオカミらしさをとりもどしている。そのことが私はうれしかった。チャーリーはちらりと私を見ると、その瞬間《しゅんかん》くるりと後ろを向き、軽やかにジャンプして暗い森の中へ入っていった。そしてついに私の前から姿《すがた》を消した。

もう二度とチャーリーに会えないと思った。ところが、同じ年のある朝、木々が色づきはじめたころ、ふたたび姿をあらわした。今度は彼だけではない。そのときのことを鮮明《せんめい》におぼえている。

私は小川の土手に腰《こし》をおろし、夢中《むちゅう》で魚つりをしていた。何かの気配を感じ、前を見た。小川の向こうわずか十歩ほど先に、二匹《ひき》のおとなのオオカミが立っている。後ろに四匹の小さなオオカミをしたがえ、銅像《どうぞう》のようにじっと私を見ている。思わず感動で体がふるえた。

いちばん体の大きいのは、きっとチャーリーだ。なぜなら、家族をのこして小川をぽちゃぽちゃと近づいてきたからだ。私《わたし》はなでたくなり、手をのばす。だが、いけないと気づき、手を引っこめる。チャーリーはもう完全《かんぜん》な野生のオオカミだった。人間のにおいをつけられるのは迷惑《めいわく》かもしれない。

彼《かれ》はそばまで来ると、土手においたマスのにおいをクンクンかぎ、愛情《あいじょう》に満《み》ちた目で私を見た。あのときの目を思い出すたび、あれから何十年も過《す》ぎた今でも涙《なみだ》があふれてくる。彼はすぐさま後ろを向くと、家族とともに立ち去った。また私は一人のこされた。あの日から一度もチャーリーを見ていない。

その後十年足らずのあいだに、私は森をひらき農場をつくった。ヒツジを飼《か》い、牧草地《ぼくそうち》で草を食べさせた。今では見ばえのする石造《いしづく》りの家も建《た》て、バーンサイド（川べり）の家と呼《よ》んでいる。たいへんうれしかったのは、自分がぽつんとひとりで、炉端《ろばた》にすわっている人生にならなかったことだ。

家を建ててまもなく、私はフィオーナという愛《あい》する女性《じょせい》とめぐりあい、結婚《けっこん》した。彼女《かのじょ》は、私の家から何十マイルもはなれた、ウッドストックのおとなりさんの一人娘《ひとりむすめ》だった。いっしょになろうと、このバーンサイド農場に来てもらってからは、ともに働《はたら》き二十年近く幸せに暮《く》らした。妻《つま》は私の最高《さいこう》の喜《よろこ》びであり、楽しみそのものだった。二人で暮らした日々は、本当に幸せだった。

愛する息子《むすこ》のアランもさずかり、二人で大切に育てた。ただたいへんつらかったのは、その後二人生まれた赤《あか》ん坊《ぼう》を誕生時《たんじょうじ》に亡《な》くし、妻も病気で亡くしたことだ。

妻は家のすぐ下の牧草地《ぼくそうち》に埋葬《まいそう》された。私がこのすてきな谷に来て、初《はじ》めて森を切りひらいた牧草地《ぼくそうち》に眠《ねむ》っている。私《わたし》の番が来たら、私もそこに眠りたいと思う。二人ならんで、小川のせせらぎや風にそよぐカエデの葉音、オオカミたちの遠ぼえを聞きながら、いつまでも。

＊　＊　＊

私はこの手記を、愛《あい》するわが息子《むすこ》アランと、その末《まつ》えいにのこそうと思う。彼《かれ》らは、いや世界じゅうの人たちは、スコットランド最後《さいご》のオオカミが、最後ではなく、生きのびて命をつないでいたことを知るだろう。

# 安らかにここに眠る

肺炎《はいえん》がすっかりなおると、私はすぐにアメリカのボストンへ飛《と》ぶことにした。つい先ごろインターネットを通して見つかった、遠縁《とおえん》のいとこのマリアンに会うためだ。一人ではなく孫娘《まごむすめ》のミヤにも、いっしょに行こうと声をかけた。彼女《かのじょ》と彼女のパソコンのおかげで、私たちのルーツが探《さが》せたのだから。いとこのマリアンにも孫《まご》がいた。最近《さいきん》になってコンピュータのすばらしさに改心《かいしん》したこともわかった。私たちいとこ同士《どうし》は、多くの共通点があった。

バーンサイド農場を見つけよう、そこが私たちのゴールだから、というミヤの提案《ていあん》はすぐに決まった。二百五十年以上前にロビー・マクロードが、スコットランドからアメリカへ渡《わた》り、ここに住もうと決めた場所を、彼《かれ》の末《まっ》えいである私《わたし》たち三人の目で確《たし》かめてみたかった。ロビーが最後《さいご》にチャーリーを見た、小川のそばに立ってみたかったのだ。

季節《きせつ》は秋。木々の葉はまさにロビーの手記の表現《ひょうげん》どおり、今も紅《あか》く燃《も》えるように輝《かがや》いていた。私たちは何日も探《さが》して歩き、バーモント州のリーディングを出たところで、バーンサイド農場にたどりついた。

丘《おか》の上に農場主のモダンな家が見える。舗装《ほそう》のない土の道を渡《わた》ると、屋根に星条旗《せいじょうき》がはためく真新しい搾乳場《さくにゅうじょう》があった。野原にジャージー種《しゅ》の乳牛《にゅうぎゅう》の群《む》れが草を食み、ヒツジも二、三頭いる。そして牧草地《ぼくそうち》には、美しいモルガン種の馬たちがかけまわっている。

年老《としお》いた農夫がいたので、ここへ来たわけを話すと、ジーンズのポケットに手をつっこんだまま、ペッ、と思いっきりつばをはいた。私たちは、もともとあった農家の場所をきき、見てもいいかどうかたずねた。丘を小川のほうへ下りていけばいいと彼は答えた。だが、ロビー・マクロードという名前は聞いたことがないと言う。ロビー・マクロードにも古い農場にも興味《きょうみ》はなさそうで、もうそんなにのこっていないと言った。

「ただの廃墟《はいきょ》さ。」

そう彼はつけくわえ、私たちが立ち去ろうとすると、ちゃっかり自家製《じかせい》のびん入りメープルシロップをすすめてきた。

「わしがつくった最上《さいじょう》のメープルシロップだ。バーモント一、いや、アメリカ一うまいよ。」

「あのう、ここらあたりは、まだオオカミがいますか?」

ミヤがたずねた。

「まったく見かけねえなあ。一度聞いた気もするけど、子供《こども》のころの話でな。今はこのへんも人が増《ふ》えすぎた。みんな自然《しぜん》のままがいいって言うんだけど。はい、もうおしまい。いい一日をな。」

そう言ったきり、彼《かれ》は私《わたし》たちを追いはらった。

農夫の言うとおり、廃墟《はいきょ》はすぐに見つかった。もとの家の片《へん》りんもなさそうだったが、頭の高さほどの石壁《いしかべ》の断片《だんぺん》、暖炉《だんろ》のあと、粉々《こなごな》にくだけたがれきの山がのこされていた。みごとに繁《しげ》ったカエデの木々が、くずれた壁《かべ》の内側《うちがわ》でゆれている。

他に見るものもなさそうなので、小川のほうへ下りていく。そしてロビー・

マクロードが最後《さいご》にオオカミを見たと思われる場所に立った。そこをはなれがたくなり、私たちはできるだけとどまることにした。

夕暮《ゆうぐ》れがせまっていた。そのときだ。ぐうぜんにもミヤの目が、木のかげに立つ石板の墓《はか》をとらえた。墓はひび割《わ》れ、ちょっと曲がっている。

彼女《かのじょ》はその場にしゃがむと、石にくっついた葉を手ではらいのけた。日の名残《なご》りのうす明かりに、石にきざまれた文字

がかすかに読みとれる。

アランの親愛《しんあい》なる父と母
ロビーとフィオーナ・マクロード
安らかにここに眠《ねむ》る

私《わたし》たち三人は、石板の文字をしばらくながめると、安らかにと祈《いの》って墓《はか》をあとにした。

# 著者《ちょしゃ》あとがき

私《わたし》はテート・ブリテン（ロンドンにある国立美術館《びじゅつかん》）付《つ》きの作家でもあるため、最《さい》近《きん》、美術館の絵のどれか一点にまつわるお話を書くようたのまれました。私が選《えら》んだのは、ロンドン動物園のオオカミの絵でした。アンリ・ゴーディエ・ブルゼスカという画家の作品です。

お話のストーリーは、他の情報《じょうほう》からヒントをもらいました。実は私は、初《はじ》めてロバート・ルイス・スティーブンソンの『さらわれたデービッド』を読んで以来《いらい》、一七四五年のボニー・プリンス・チャーリー（いとしのチャールズ王子）とその祖父《そふ》ジェイムズ二世を支持《しじ》する反乱軍《はんらんぐん》の物語に、衝撃《しょうげき》を受け夢中《むちゅう》になりました。ですから、この混乱《こんらん》の時代を背景《はいけい》とするお話を、ぜひ書いてみたいといつも思っていました。

そのチャンスがやってきたのは、スコットランド北部ですごいものを見たという、私の友人の話を聞いたときでした。彼《かれ》がぐうぜんそこで見つけた石に、「スコットランド最後《さいご》のオオカミ、この石の近くで射殺《しゃさつ》さる」と書いてあったそうです。

のちに、スコットランドでは、同じような石が、他に少なくとも六か所で見つかったことがわかりました。スコットランドから野生のオオカミが消えたのは、一七、八世紀《せいき》だとする確《たし》かな説《せつ》もあります。この地のオオカミのほとんどが、イギリス軍《ぐん》にはむかったボニー・プリンス・チャーリーを支持する反乱軍のように、狩《か》り出《だ》され一掃《いっそう》されてしまったのでしょう。

私《わたし》はこのお話のタイトルを『最後《さいご》のオオカミ』と名づけました。書き終える前からタイトルが決まるのは、私にはめずらしいことです。そして、スコットランド軍《ぐん》の反乱《はんらん》とその影響《えいきょう》に関《かん》する史実《しじつ》を調べて、少しずつ物語をつむぎあげていきました。

さて、歴史的《れきしてき》な背景《はいけい》を少し書いてみましょう。一六八八年の名誉革命《めいよかくめい》で、スチュアート家最後の王ジェイムズ二世は、イングランド王位《おうい》をとりあげられ、フランスに亡命《ぼうめい》します。その後一七四五年に、彼《かれ》の孫《まご》にあたるボニー・プリンス・チャーリーが、王位をうばい返そうとフランスから故郷《こきょう》にもどってきます。スコットランド北西部のへんぴな海岸に上陸《じょうりく》した彼は、支持者《しじしゃ》たちから熱烈《ねつれつ》な歓迎《かんげい》を受けます。彼の味方をする人々は、ラテン語でジェイムズを意味する

「ジャコバイト」と呼《よ》ばれていました。

ボニー・プリンス・チャーリーは、この物語の主人公がその隊列《たいれつ》に加わったように、しだいに兵士《へいし》を増《ふ》やしながらスコットランドを南下します。エジンバラに到着《とうちゃく》すると、スコットランド王として歓迎され、一か月ものあいだ盛大《せいだい》な祝宴《しゅくえん》が開かれました。そして南のイングランドへと進軍《しんぐん》していきます。ところが彼のひきいる軍隊《ぐんたい》は、やがてイギリス軍との戦闘《せんとう》でおとろえが見えはじめます。あと少しでダービー（イングランド中央部の都市）という地点まで来ると、軍隊はまったくの混乱状態《こんらんじょうたい》におちいり、やむなく北のスコットランドへ撤退《てったい》することになりました。

スコットランド高地人などジャコバイト支持者からなる軍隊は、カロデン・ムアで、ハノーヴァー家のジョージ二世のイギリス軍に大敗《たいはい》します。その軍隊はカンバーランド公爵《こうしゃく》、別名《べつめい》カンバーランドの〝殺《ころ》し屋《や》〟にひきいられていました。彼《かれ》らは、反乱軍《はんらんぐん》やその支持者《しじしゃ》、家族らを一人のこらず追いつめようと、イギリス軍兵士《ぐんへいし》を送りこみました。それはもう、彼らの行く先々で大虐殺《だいぎゃくさつ》や火事が起きるという、残虐《ざんぎゃく》きわまりないものでした。

その結果《けっか》、多くのスコットランド人が国外へ逃《に》げ出《だ》し、カナダやアメリカへもひなんしていきました。しかしこの時代、カナダやアメリカはまだイギリスの植民地《しょくみんち》だったため、フランス人に領地《りょうち》をとられないように、イギリス軍兵士を駐屯《ちゅうとん》させていました。

一方ボニー・プリンス・チャーリーは、カロデン・ムアをのがれてフランスへ向かいますが、途中《とちゅう》でフローラ・マクドナルドというジャコバイトの女性《じょせい》によって助けられます。そうして彼はぶじに逃げることができました……しかし、それはまた別《べつ》のお話で、別の伝説《でんせつ》なのです。

**マイケル・モーパーゴ**　作者
イギリスの児童文学作家。『ザンジバルの贈り物』（BL出版）でウィットブレット賞、『よみがえれ白いライオン』（評論社）でスマーティーズ賞、英国児童文学者協会賞を受賞。その他の作品に『兵士ピースフル』『戦火の馬』（ともに評論社）、『月にハミング』（小学館）、『忘れないよリトル・ジョッシュ』（文研出版）などがある。

**はら るい**　訳者
山口県に生まれる。主な訳書に『やったね、ジュリアス君』（さえら書房）、『虎よ、立ちあがれ』（小峰書店）、『ハーモニカふきとのら犬ディグビー』（PHP研究所）、『先生と老犬とぼく』『どうしてぼくをいじめるの？』『ぼくって女の子？？』『きみの声がききたいよ！』『地獄坂へまっしぐら！』（ともに文研出版）などがある。

**黒須高嶺**（くろす たかね）　画家
埼玉県に生まれる。主なイラスト・挿絵の作品に『えほん 横浜の歴史』『日本国憲法の誕生』（ともに岩崎書店）、『くりぃむパン』（くもん出版）、『1時間の物語』（偕成社）、『ふたりのカミサウルス』（あかね書房）、『あぐり☆サイエンスクラブ』シリーズ（新日本出版社）、『ツクツクボウシの鳴くころに』『五七五の夏』（ともに文研出版）などがある。

〈表紙デザイン〉　島居 隆（株式会社アートグローブ）

文研ブックランド
最後のオオカミ
作　者　マイケル・モーパーゴ
訳　者　はら るい
画　家　黒須高嶺

2017年12月30日　第1刷
2023年 5 月30日　第6刷
ISBN978-4-580-82337-2
NDC933　A5判　112p　22cm

発行者　佐藤徹哉
発行所　文研出版
〒113-0023　東京都文京区向丘2丁目3番10号
〒543-0052　大阪市天王寺区大道4丁目3番25号
代表 (06)6779-1531　児童書お問い合わせ (03)3814-5187
https://www.shinko-keirin.co.jp/
印刷所／製本所　株式会社太洋社